御伽草子【おとぎぞうし】
室町時代から江戸時代初期に成立した短編物語の総称。神仏の化身や擬人化された動物が登場するなど、多種多様な物語が絵とともに描かれている。

［現代版《げんだいばん》］ 絵本《えほん》 御伽草子《おとぎぞうし》 鉢《はち》かづき

2015年12月9日 第1刷発行

著者 青山七恵《あおやまななえ》（文） 庄野《しょうの》ナホコ《なおこ》（絵）

発行者 鈴木 哲
発行所 株式会社講談社
東京都文京区音羽2-12-21 郵便番号 112-8001
電話 出版 03-5395-3504
販売 03-5395-5817
業務 03-5395-3615
印刷所 凸版印刷株式会社
製本所 大口製本印刷株式会社

ブックデザイン 帆足英里子 古屋安紀子（ライトパブリシティ）

ISBN978-4-06-219870-7

［現代版］絵本 御伽草子
鉢かづき
青山七恵 文
庄野ナホコ 絵
講談社

昔むかし、交野《かたの》というところに備中守さねたかというたいへんなお金持ちがきれいな奥さまと暮らしておりました。

ありあまる富のおかげであくせく働くこともなく、うららかな空のした詩や和歌、音楽に親しみ、日がな読書にふけりながら過ぎていく日々。唯一のお悩みはなかなかお子さまに恵まれないことだったのですが、このたびようやく奥さまがおめでたの運びとなって、お屋敷じゅうがお祭り騒ぎです。

ご両親は生まれた女の子をそれはそれはたいせつに育て、ひんぱんに長谷のお寺にお参りしては「わたしたちの姫の未来が明るいものでありますように」と一生けんめいお祈りになりました。


さてさて年月はあっというまに過ぎ去って、姫君が十三歳になった年のこと。

母上はお風邪を召して一日二日寝込んでいたのですが、お床のなかからぼんやり天井を眺めているうちにふと、（わたしはもう死ぬのだな）と悟られました。

「姫よ、お母さんはかわいいおまえがお嫁に行くところも見られず、もうじきに死ぬのです。ああ……悲しいったらないわねえ……」

母上の涙につられ、そばにいた姫も一緒になってしくしく泣きだします。ところが何を思ったのでしょう、母上はそのすきにあれよというまの早わざで近くにあった手箱を姫の頭に置くと、さらにうえから肩が隠れるほどのおおきなお鉢をぼおん！　とかぶせ、天に向かって雄叫びをあげたのです。

「心より信じ申し上げております観音さまあ！　お約束のとおり、この子に鉢をかぶせますよおおお！」

それっきり、母上は白目をむいてばたりと息絶えてしまいました。

駆けつけてきた父上は変わりはてた妻の姿を前にして呆然としますが、時すでに遅し。ただでさえ心乱れるなか傍らの娘に目をやれば、頭のうえには見たこともないおかしな鉢が載っているではないですか！

それからというもの、心神喪失状態に陥った父上は花を見ても月を見ても亡き奥さまを思って涙に暮れていましたが、みかねた親戚が勝手に世話を焼き、やがて新しい奥さまを迎えることになりました。この新しい奥さまというのが、気弱だけれど狡猾なところもあるちょっとかわいい女でして、やさしく夫に尽くしながらもさりげなく嘘ばっかりの義理の娘の悪口を耳元にささやくなどして、傷ついた男の心のすきまを上手に埋めていったのです。その甲斐あって父上は次第に精力を取り戻し、ふたりは昼夜を問わずいちゃいちゃとたわむれあって、まもなく新しい赤ちゃんまで授かりました。亡くなった奥さまは忘れられ、その面影を恋しがるのはいまやすっかり家族のはみだしものとなった鉢かづきの姫ばかり……。

「お母さん。わたしはもう、生きているのがいやになった」

姫は母上のお墓の前に仁王立ちになり、暗い目をしてひとりぶつぶつやりだしました。

「こんなまぬけなかっこうをしていて、新しいお母さんにきらわれるのはしかたない……でもお父さんまでもがわたしにつめたいのはどう考えても納得がいかない……赤ん坊も産まれたことだし、これからますますわたしは孤独になって、くすぶって、あの三人を呪いながら一生を過ごすことになるんだろうな……そんな人生はいやだ……死にたい……とはいえお母さん、近々わたしを迎えにくるおつもりならば先にあの三人をどうにかしてください」

　これを聞きつけた継母は夫のもとに飛んでいって、「あのう、鉢かづきさんがお母さまのお墓に行って、わたしたち親子を呪ってるみたいなんですが……」と今回ばかりはほぼ真実を伝えたのですが、若妻のうるんだ瞳を目にした父上は（ほほう、わたしの気を引くためにまたへたな嘘をこしらえているのだな。ほんとうにかわいいやつだな）とにやにや笑いが止まりません。どちらにせよ腹立たしいのは、かわいい若妻をおびえさせてこんなみじめな嘘をつかせる実の娘、最近とみに影が濃くなり、ますます一家に厄災をもたらしそうな不吉な気配を漂わせている鉢かづきの姫です。父上は当の姫を呼びつけると、お屋敷じゅうに響き渡る声でどやしつけました。

「おまえというやつはこんな珍奇な頭をしているうえに、魂まですっかり人間の道を外れてしまったようだな。このままではどんなひどいことが起こるかしれない。今すぐこの屋敷を出ていきなさい！」

というわけで、かわいそうな鉢かづきはきれいな着物をはぎとられ、うすっぺらい下着一枚で野原の四つ辻に捨てられてしまいました。

最初はわけがわからず泣いてばかりでしたが、鳥のさえずりに誘われ緑のなかをどこへともなく歩きだすうちに、梢から差しこむ太陽の光が姫のからだをほかほかと温め、元気づけました。ひとりぼっちの心細い旅路ではありましたが、不誠実で頼りにならない人間たちにつくづく失望した姫に、自然はどこまでもやさし

かったのです。

お腹がすけば木の実をとって食べ、夜露の冷たさには駆けよってくる野うさぎを胸に抱いて暖をとり、足がくたびれればおおきな葉っぱの陰でひとやすみ。姫はすっかり、この野に魅了されてしまいました。いつまでもこうして野のなかで生きていたい、きれいな着物もごちそうもいらない、しゃべり相手がいないのはさびしいけれど、さびしいときには歌を歌えばいい……。

野原の道なき道を踏んでどこへ行こう
行くところなんてどこにもないけど……

そんなふうに歌っていると、鉢かづきは鳥や蝶々にでもなったかのように、このうえなく身軽で自由な気持ちになって、きゃっきゃと明るい笑い声をふりまきながら野を走りまわるのでした。

こうしてすっかり野生児と化した鉢かづきが気の向くままに野を放浪して数日経ったときのこと、気づけば目の前におおきな川が悠々と流れておりました。

(わたしはまだ子どもだけれど、ここ数日でこの世の楽しみはだいたい味わった気がする。いま、かつてないほど幸福な感じがする。だからまたろくでもない人間関係に巻き込まれる前に……ここで溺死だ!)

覚悟を決めた姫は勢いよく水のなかに飛び込んでみたものの、鉢の浮力のせいでしっかり沈むことができません。そのままぷかぷかと頭だけが浮いたまま流されているところに、漁船が通りかかりました。「おやおやこんなところに鉢が」乗っていた釣り人は不思議に思って引き上げてみますが、網のなかを見てびっくりぎょうてん、鉢のしたには人間のからだがくっついているのです！「ややや、へんなものを引き上げてしまった」釣り人は鉢かづきの体をぽーんと岸に投げ上げて、そのまま行ってしまいました。

岸に起き直った鉢かづきは、この鉢のせいでまともに溺死もできないなんてと悔しく思いますが、助かってしまった以上はまた生きていかねばなりません。立ち上がって再びどこへともなく歩いているうちに辿りついたのはとある人里。通りすがった里人はその姿を見て、「うわあ、古い鉢の化けものが出てきたぞお」と指をさしてやいのやいの笑います。ちょうどこのとき、念仏をむにゃむにゃとなえながらお屋敷の縁側を行ったり来たりしていた山蔭の三位中将さまも、表を歩く鉢をかぶった少女を不思議に思って、家来に命じ連れてこさせました。

「おまえはどこから来た、なんという者だ？」

中将さまはいちおう、このあたりの土地ではいちばん偉いひとだったのですが、人間ぎらいの鉢かづきは誰が相手でも動じません。

「わたくしは交野のほうから来ました、ひと呼んで鉢かづきでございます」

「ここで何をしている？」

「ごらんのとおり何の因果かこんなおかしな姿をしておりますので、みなさまに笑われるがまま流れ歩いているのでございます」

かわいそうになった中将さまは頭の鉢を取りのけてあげなさいと命じましたが、鉢はしっかりと頭に吸いついてなかなか取れません。

「むむむ、頑固な鉢だのう。でもまあ、広い世のなかには一人や二人、おまえのようなおかしなやつがあっても良いものだぞ。何か自慢できる特技はないのか?」

「ないです。母に育てられていたときは、楽器を習ったり本やお経を読んだりしていましたが、何しろ昔のことですので、いまできることは、特にないです」

「そうかあ。でもなあ、そんなおまえにもきっとできることがあるぞ。今日からこの屋敷の風呂場で働きなさい」

(ふーん、ということはまた、ここでろくでもない人間社会に逆もどりか)鉢かづきは鼻白みかけたものの、栄養失調気味のうえ歩きづめで多少くたびれていたこともあり、とりあえず体力が回復するまではこの屋敷の風呂場で働いてみることに決めました。

以来、朝から晩までひたすら折った柴を火にくべ湯を運び、入浴人の気まぐれによって夜中にも叩き起こされるしんどい勤労生活が始まりましたが、しじゅう呪いの言葉をつぶやいていた交野のお屋敷時代末期に比べれば、ずっとましだなと鉢かづきは思いました。頭の鉢を気味悪がってほかの使用人は近づいてきませんし、残飯のような食事も長らく飢えたからだにはしみじみ滋味ぶかく感じられます。

放浪時代から孤独にはすっかり慣れっこになっていた鉢かづきですが、一日の労働を終え泥のような眠りに落ちる前のほんのひとときには、かつてはどこまでも自分に甘くやさしかった父上母上の面影が胸をよぎることもありました。ところが富にうずもれた両親がなんでも家来にやらせて着物一つ自分の手で着ることもできず、お餅のようにふくふくとした白い手を自慢にしていたこと、そんな二人に何不自由なく育てられた自分がときおり働き者の下女のお尻に投石などしていたことまでを思い出すと、出てきた涙もすぐにひっこんでしまいます。その代わりに思い出されるのは、お屋敷時代に親しんでいた詩や音楽、そしてめくるめく物語の世界……。ひびやあかぎれやまめだらけになっている自分の手をつくづくと眺めてみて、鉢かづきはいまほど自分にそういうものが必要だったことはないとあらためて涙ぐみました。

（こんなみじめな手でこの先一生を過ごしていかねばならない若い娘たち、そして誰からも見捨てられいまもひとりで野を放浪しているかもしれない孤独な娘たちを救うためにこそ、詩や音楽は今日も作りつづけられている。そういうものがこの世のどこかにある限り、わたしはけっしてめげまい）そう思って、鉢かづきはそれからも一生けんめいに風呂場仕事に邁進したのです。

そうはいっても、やはりお姫さま育ちで飽きっぽい鉢かづき。さすがに厳しい仕事がいやになってきて、（こんなくだらない世のなかで、毎日うわっつらのおべっかを言いあうだけの人間たちのためにせっせとお湯を沸かして、生きていくのに必死なだけで、二度と詩や音楽にふれることもできず、むなしく終わっていく人生ってなんなんだろう）と自問することもありました。脱走を試みようにも、風呂場のお奉行さんの監視の目が四六時中光っているので逃げるに逃げられません。めらめら燃える火焚き口の前であまりにむなしさが募ると、いっそ自分を閉じ込めているこのむかつくお屋敷ごと燃やしてしまいたい、あとかたもなく焼き払いたい、爆破したい、などと体がむずむずしてきて、ひょっとしてあのとき、死にゆくお母さんがこの鉢のなかに隠したのは、いまのような八方ふさがりの際に役立つ爆薬だったのではないか？　などと勘ぐるようにもなっていったのです。

そんなある日の夜更け過ぎ、鉢かづきがいつものようにかったるく火焚きをしていますと、中将さまの秘蔵っ子、いまをときめく美男子の宰相の君がひとりでふらりとお風呂に入ってこられました。

「お湯をお移しします」湯気のなかに気だるく響く鉢かづきの声に、ふと淡いときめきを覚えたこの宰相の君。「やあ鉢かづき」と火焚き口に向かって声をかけました。

「ほかにひとはいないのだから、恥ずかしがることもないだろう。背中を流してくれないか」

鉢かづきはそんなことはやったことないし、面倒くさいからいやだと思ったのですが、雇われ人の立場としては断りようもありません。それでいざというときには頭の爆薬があるのだからと、心を決めてしおらしく風呂場に入っていきましたところ、(こんなに可憐で美しい人は見たことがない!)その姿をひとめ見た宰相の君は、一瞬ですっかり心を奪われてしまったのです。

「鉢かづき! 突然でわるいがぼくはきみが好きだ。この想いは未来永劫、けっして変わることはないといま、ぼくは心から誓う」

鉢かづきの沈黙に、宰相の君は夢中で畳みかけます。

「何も答えてくれないということは、きみはくちなしの精なのか? それとももものを言わない岩根の松の精なのか? 捨てられてさびしくいじけている琴の音をぼくはいまどうしても聴きたいのだ、それともよそに弾き手があるとでも? つまりきみに言いよってくるほかの男がいたりして? さあさあさあ、どうなんだ」

「……おっしゃることがよくわかりませんが、わたしはただ、母に死なれ父に捨てられ、こんな格好のまま何をしたいという希望もなしに、ひとり中途半端に暮らしてるだけです」

「鉢かづきよ、それは前世の報いだ」宰相の君は続けます。「つまりだね、きみが前世で伸び盛りの若い木の枝を折ったり横恋慕したり、とにかく誰かを悲しませたせいで、いまのきみはそんなふうなみじめな生きかたをしているのだ。そしてぼくが二十歳になりながらまだ未婚でいるのは、前世にきみと深く結ばれていたからであって、そうだ、これまでどんな美女と出会ってもぼくの心がまるで動かなかったのは、きみにいまここで出会うためだったんだ！　これから何があろうとどこへ行こうと、万々が一あの世とこの世の岸辺が入れ替わってしまったとしても、きみとぼくとの強い絆だけは永遠に、けっして、変わらない！」

宰相の君の愛情は風呂場のなかではげしく燃え盛ってしまって、その勢いはどうにも止まりそうにありません。

（またここにも、自分の立場に乗じて相手をいいように扱おうとする人間がいる）鉢かづきは閉口しましたが、儀礼的に何度も風流な返しを考えなくてはいけないのもまた面倒くさくて、とはいえ爆薬を使うほどの殺意も覚えず、結局言うなりにおとなしく抱かれてやりました。

ことが済んだあと、鉢かづきは本当に自分は何をするにもやけっぱちで、人生をただただふまじめに消費している、こんなことになるのだったらいつまでも野を放浪しているのだった……、と頭の鉢を抱えながらひとり捨て鉢な気持ちになっていたのですが、その憂いを帯びたたたずまいにまた心をつかまれた宰相の君は、

「ぼくはきみが思うほど薄情な男じゃないぞ。日が暮れたらまた来るから、さびしくなったらこれを見てぼくを思い出してくれ」

と、つげの枕と竹の横笛を置いて名残惜しく去っていきました。

そんなきざな贈り物にもいらっときた鉢かづきは、もらった枕と笛をすぐさまうっちゃり、無心でいつもの風呂仕事にふけりはじめました。するとその後ろ姿にひそかにねっとりからみつく視線が……以前からその手足の美しさに目をつけていた、風呂場のお奉行さんです。（鉢かづきめ、急に色気づきやがって。ここはひとつ、うまいこと手込めにしてやろう）お奉行さんはよだれを垂らしながら鉢かづきに近づきましたが、いざ向きあってその鉢をかぶった頭を目にすると、盛った心もぼんやりとしてきます。（どうして女たちはいつも俺から遠い？）お奉行さんの目のうらに、それまで彼の心をとらえては消えていった、何十人もの女たちの顔がかわりばんこに点滅しはじめました。（おれはいつも警戒していた、女たちは危険だった、だからおれは逃れた、でも本当のところ、逃れていたのは女たちだったんだ、それはおれが魅力なしだからだ、逃れていく女たちをおれは指をくわえて見ていることしかできなかった、おれはこわいんだ、傷つくのがこわいんだ……）

そうこうしているうちに長いような春の日はあっというまに落ちて、やってきたのは恋人たちが待ちのぞんだ黄昏どき。

宰相の君はいつもよりおしゃれをして、風呂場の隣の柴置き場からこっそり愛しいひとのようすを見ています。これに気づかず鉢かづきは、（あのおしゃべり九官鳥、日が暮れたら来るって言ってたくせに）と一度はうっちゃった枕と笛を手に取って、

「つげの枕と言ってたけど、良いお告げなんか何もない。この竹の笛の短いひと節みたいに、わたしの人生ももう終わってるんだろうな……」

とつぶやきました。するとすぐに背後から、

「いやいや、これからやってくる何千年という夜を、そのつげの枕で共に過ごそうと契ったんじゃないか。ぼくたちの絆は呉竹のごとく永遠だよ！」

と返事が聞こえたので、鉢かづきは（げーっ）と思いましたが、柴置き場から出てきた宰相の君はというと、いまにも羽が生えて空高く飛んでいきそうなほどのなみなみならぬ多幸感にみちみちていました。


いまも昔も自分には関係のないことをひとびとはおせっかいに言いたがるもので、二人の秘めた恋を聞き知った使用人たちは「まさか宰相殿が鉢かづきのところに通ってらっしゃるとは」「鉢かづきも鉢かづきでふてぶてしい」「宰相殿はいかれぽんちだ」などと、すっかり笑いものにしています。

宰相の君の母上はそんな噂を聞きつけると血相を変えて、

「皆がおかしなことを言っているようだけど、ちょっと行って見てきなさい」

と乳母に命じました。そして仰せのとおりに乳母が見てきて言うには、「本当のことでございます」。

母上は衝撃のあまりしばしものが言えません。ようやく我に返ると「乳母よ、とにかく宰相の君をいさめて、鉢かづきに近づかないように計らうのです」と言いつけました。

「いいですか、若さま」乳母はさっそく若さまのところへ行ってお説教を始めます。「本当のこととは思われませんがね、風呂場の鉢かづきのもとへ通っていらっしゃることを母上さまがお聞きになって、もし本当のことならば、父上さまのお耳に入らないうちに鉢かづきを追い出してしまおうとおっしゃるんでご

ざいますよ」

「ふん、わかってないんだな」宰相の君はすぐさま言い返しました。「他人同士の誰かと誰かが一本の木の陰に休み、同じ川の流れをすくって飲む、そういうちょっとしたこともすべて前世からの縁なんだよ？　古い昔から男女の仲というのはそういうものに決まってるんだ、おれは鉢かづきのためならば命などみじんも惜しくはない、あいつを見捨てることなどぜったいにできやしない、こんな気持ちがわからない父さん母さんがおれたちを追い出すことになっても、それからどんな野の末、山の奥に暮らすことになっても、あの鉢かづきと一緒である限り、おれはぜんぜん、まったく、悲しくはない！」

言い捨てると宰相の君はお住まいを飛び出て、鉢かづきのもとに行ってしまいました。

この顚末にさらにとりみだした母上は、きれもの女房の冷泉にあられもなく泣きつきます。

「ああ、冷泉、どうしましょう、鉢かづきはいかさま変化の化け物だから、そのうち息子をとって食ってしまうわよ。わたしはいったいどうしたらいいの！」

「繊細な若さまのことでございますから」冷泉はきらりと目を光らせて言いました。「ほかのご子息がたにお声をかけて、嫁品評会を催されてみてはいかがでしょうか。そうすればさすがの鉢かづきも、自分を恥ずかしく思ってどこへでも出ていくでしょう」

「まあ……さすがわたしの冷泉だわ。すごくいい案だわ。あなたがいてくれて本当によかった……」

冷泉は静かに微笑みましたが、「ではあとはお願いね」とそっぽを向かれるとすぐにいつもの無表情に戻り、ひとを集めて命じられた仕事に取りかかりました。

一方、風の便りで母上の計画を知った宰相の君は泣いておろおろするばかり。

「あああ、鉢かづき、どうしよう、母さんたちは嫁品評会なんていうげすなことをやってぼくたちを追い払うおつもりらしい、いったいどうしたらいいんだ！」

泣くほどわたしが恥ずかしいの？　鉢かづきは一瞬むっとしましたが、こんな恋愛遊戯にもそろそろ飽きかけていた折、これは屋敷を出て自由な放浪生活に返るちょうど良い機会だと思い、泣きまねをして言いました。

「わたしのためにあなたを不幸な目に遭わせることはできません。わたしはどこへでも出ていきましょう」

「いやいや、きみと離れては、ぼくは片時も生きてはいられない！　ぼくたちはどこまでも一緒だ！」

しまった、逆効果だった、鉢かづきは後悔しましたがあとの祭りです。

こうしてあふれる感情をもてあましかーっとしたりめそめそしたり、忙しい宰相の君をぼんやり眺めているうちに、とうとう品評会の日が来てしまいました。明け方、ほかに方法も思いつかず鉢かづきと共に屋敷を出ていくことに決めた宰相の君ですが、いざ出ていこうとすると名残惜しさに涙がぽろぽろ出てきます。（もう一度父さん母さんに会ってから出ていきたいけど、それはちょっとかっこわるいよなあ。でもこのままだとさびしすぎるよ……）と、なんとも未練たらたらのごようす。

鉢かづきはひとりでここを出るとしたらいまが最後の機会だと思い、泣きまねはせず今度こそ姿勢を正して言いました。

「いいえ。わたしひとりが出ていけばいいのです。わたしたちの契りは深いのですから、また巡り会うことができるでしょう」

「またそんな、いけずなことを言う！　ぼくたちはどこまでも一緒だとあれほど言ったじゃないか！　ぼくの魂は永遠にきみのものなんだぞ！　それをわかってくれなきゃ困るんだ！」

（あーもう、とにかくなんでもいいからひとまずここを出て、そのあとでこのおぼっちゃんを煮るなり焼くなり始末して、さっさとひとりで野に帰ろう）心を決めた鉢かづきは、宰相の君の手を取り急いで外に出て行こうとしました。するとそのときです、なんとまあ、鉢かづきの頭から鉢がかっぱ！　と前に落ちたではないですか！

びっくりして宰相の君が見上げた姫のお顔は、まるで雲間から現れた十五夜のお月さまのよう。肩にかかる髪、全身の美しさといったら、この世の何にも例えようがありません。そのうえ落ちた鉢のなかからは、まるめた金、金の盃、銀の小鍋、砂金の橘、銀の梨、十二単の小袖、濃い紅の袴、などなど数々の宝物がざくざく出てきたのです。

姫はこれを見て、なんだ爆薬じゃなかったのかあ。とやや拍子抜けしましたが、せっかく野に帰れる貴重な時機がこうして阻害され、かつて鉢をかぶせられたときと同じく、またしても自分の意志とは関係のないところで自分の人生が勝手に進行してしまっているような、ほかでもない自分自身の運命から自分だけが黙殺されているような、とにかく非常な疎外感を覚えて、気づけば涙がぼろぼろ流れていました。

一方宰相の君は、

「うわあ、こいつはものすごい、なんてすばらしいお恵みなんだろう！　姫、いまはどこにも行ってはだ

めだ!」

と驚きと喜びで胸がいっぱい、さっそく品評会へ出るための用意をうきうきしながら始めました。

外ではひとびとが騒いでおり、三人の兄嫁さんたちはお支度を終えて、鉢かづきを待ち受けています。どなたも豪華なお召し物に贅沢な引き出物を携えて、あたりも輝くばかりの麗しいお姿。そんななかお舅さんの中将さまだけが、「わざわざこんなことをして恥さらしをさせるなんて」と嘆いてらっしゃいましたが、宰相の君がようやく「ただいま参ります」と声をあげると、ひとびとは前のめりになってやじを飛ばしはじめました。

そしていよいよ、皆の前に現れた姫の姿といったら! うっすら雲がかかった優しいお月さまのような、気高く美しいそのお顔……桜の花びらのうえでたっぷり朝日を吸い込んだ露のように、全身がきらきらと輝いています。眉墨はほのぼのと霞み、たおやかで美しい御髪《おぐし》は秋の蟬の羽のよう。白い練り絹の上に唐綾、紅梅紫のあざやかな小袖、濃い紅色の袴で足を包み翡翠のかんざしをつけて歩く姿は、まるで天人が地上の人間の少女の姿を借りて現れたかのようなのです。

ひとびとはみな目を見開き、ひやかしの心も溶けてめろめろになってしまいました。そして姫がさきほど鉢から出てきた宝物を引き出物として献上しますと、その豪華さにまた腰を抜かします。(男に生まれたからにはこのような美女とこそ一晩心ゆくまで睦みあいたい、その一晩の思い出だけを胸に、それからの長い時間おれは死ぬまで心強く生きていくことができるだろう) 控えていた三人のお兄さまがたも、輝くばかりの姫の前にすっかり言葉を失っています。

さてさて、おもしろくないのは三人の兄嫁さんたち。お酒がまわってくるとひそひそ話しあって、「見た目と身分とはまた別問題ですからね」「和琴を弾かせてみてはどうかしら、あれは基礎がなってないとできないものだから」「それでお里が知れるわね」と、長男のお嫁さんは琵琶、次男のお嫁さんは笙、そして三男のお嫁さんは……と思いきやなぜだかお姑さんがどんどこ鼓を打ち出して、「あなた、和琴をお弾きなさいな」と姫につめよったのです。

（このひとたちはどうしても、わたしをつまはじきにして笑いものにしたいんだろうなあ）姫はさむざむしく思いましたが、そういういたけだかなひとたちを見返すために、音楽の力を利用することはぜったいにいやでした。ただ、泣きそうな顔でぶるぶる震えている夫の姿を見るとやっぱりちょっとかわいそうになってきて、

「それなれば、弾いてみましょう」

と、そばにあった和琴を引き寄せ、交野のお屋敷で習ったことを思い出し、できるだけ無心になって弾いてみせました。そのすばらしい腕前を聴いて、宰相の君の嬉しかったことといったら！「このおかたは、やはりただものではない」などと、さきほどまでやじを飛ばしていたひとたちも、いまでは皆がわけしり顔でさかんに姫を褒めたたえています。

姫の深い沈黙をよそにいよいよ宴もたけなわ、酔っぱらって気持ちよくなったお舅さんはお酒の盃を姫に差し出し、驚くべきことを口にしました。

「わしの領地、二千三百町のところの一千町を姫君に差し上げようぞ。そしてもう一千町を宰相の君に取らせ、残る三百町をほかの三人の息子に取らせることにする。三人で百町ずつ分けるのだ。不平を言うものとは親子の縁を切る」

これを聞いてお兄さんたちは、（えこひいきにもほどがあるぜ）と思いましたが、「まあまあ、お父さんのおっしゃることだからなあ」「いいじゃないのいいじゃないの」「今日からおれたちの大将は末っ子の宰相の君だよ」と三人いさぎよく腹をくくって、それから正気を失うまで浴びるようにお酒を飲みつづけました。

このようなことがあってから、姫は例のきれもの冷泉をはじめ大勢の女房を従えて、宰相の君の竹の御所で暮らすようになりました。

たくさんのお子さまにも恵まれ、家来たちにはうやうやしくかしずかれ、何一つ不自由することなく穏やかに過ぎていく幸福な日々。それでもふとした瞬間に、姫の心には重い鉢をかぶってひとり野原を歩き回っていた、かつての孤独で自由な日々のことが思い出されてくるのです。

乾いた口のなかに甘く染みていった赤い木の

実、冷えた体をあたためてくれた野うさぎの小さな体温、葉に落ちる露の音さえ鈴のように響いた、月夜の森の深い深い静寂……遠い過去の思い出が日に日に姫にしのびより、姫にささやき、姫の心をしびれ薬のように冒していきました。(こんなことにはいつまでも耐えられるものではない、いつかすべてを失って、今度こそひとりで野に帰る日が来るだろう) そう予感するたび、恐怖と強い渇望から姫はひとしれずからだを震わせました。

そんな折、新たに宰相の君が大和、河内、伊賀の三ヵ国を帝から賜る運びとなりまして、ご一家は総出で長谷の観音へお礼参りに行くことになりました。お寺への道すがら、花や金銀で豪華に飾らせた車の外ではなつかしい野の木々があやしく揺れて、姫に執拗に手招きをします。姫は何度、着ている着物をはぎとって、その梢に抱きとられたい気に駆られたことか! (ついにこの日が来たのだ、子どもたちのことを観音さまにお祈りしてから、すきを見てわたしはひとり野に帰ろう) いますぐにでも素っ裸で駆けだしたい衝動をこらえて、姫は時機をじっと待ちました。

ようやく到着した長谷の御堂では、みすぼらしい格好の老修行者が何やら熱心にお祈りをしています。邪魔に思った家来が外へ追い出したところ、入れ違いになった一家のお子さまたちを見て突然さめざめと泣きだしたその修行者。「そこのもの、どうして泣いているのだ」問われると嗚咽まじりに答えました。

「恐れながら申し上げます、こ、このお子さまがたは、わたくしが尋ねている娘に、う、瓜二つなのでございます……」

実はこの修行者は、冷えきった夫婦仲と荒廃した屋敷に耐えられず、かつて見捨てた娘との再会をひたすらに祈っていた姫の実の父上だったのです。姫はその声を聞いて、「修行者をここに呼びなさい」と命じました。

すっかり顔がやせほそってしまいましたが、さすがに親子のご縁は深いもの。姫はやってきた修行者を一目見てすぐ、これはふるさとの懐かしいお父さんだとわかりました。しかしながらこのとき一瞬だけ、姫の心にためらいが生まれたのです。それでもこみあげてくるものをぐっと抑えて、

「お父さん、わたしこそかつての鉢かづきの姫ですよ!」

そう名乗り出た瞬間、姫は遠い過去のてっぺんで激しい土砂崩れが起き、現在の自分が一粒の砂となって土石流のなかに巻き込まれ消えていくのを感じました。

そして同時に、ひとりぼっちで野原を放

浪していたあの日々が自分の人生にはもう二度と戻ってこないことを悟りました。姫の運命はいまも変わらず姫を黙殺しつづけていました。

姫の父上はそののち孫のひとりと河内の国の主に任命され、国は豊かに栄えました。宰相の君は伊賀にこのうえなく立派なお屋敷を作らせ、そこで姫はかつて父上と母上が享受していたような幸福で豊かな生活のなかに、父上母上とそっくりの微笑みを浮かべながら埋没していきました。

とはいえ姫は命が尽きるその最後の日まで、重い鉢をかぶって美しい詩を口ずさみながら、ひとり野原を放浪する夢を毎晩見続けていたのです。

鉢《はち》かづき

原典「御伽草子」より——

中昔《なかむかし》のことにや有りけん、河内国《かはちのくに》、交野《かたの》の辺《へん》に備《びつ》中守《ちゆうのかみ》さねたかといふ人まし〱ける。数《かず》の宝《たから》を持ち給ふ。飽《あ》き満《み》ちて乏《とも》しきこともましまさず。詩歌《しいか》管絃《くわんげん》に心を寄せけるが、花のもとにては散りなんことを悲しみ、歌をよみ詩をつくり、のどけき空をながめくらし給ひける。北《きた》の御方《おんかた》は、古今《こきん》、万葉《まんえふ》、伊勢《いせ》物語《ものがたり》、数《かず》の草《さう》紙《し》を御覧じて、月の前にて夜《よ》を明《あか》し入りなんことを悲しみ、明《あか》し暮し給ひつつ、心に残ることもなし。鴛鴦《ゑんあう》のむすび隔《へだ》つ事もましまさず。思ふままなる御《おん》なかなるに御《おん》子《こ》一人もなし。朝夕悲しみ給ひしに、いかなることにや、姫君一人まうけ給ひて、父母《ちちはは》の御喜び申すはかりはなかりけり。かくていつきかしづき給ふ事限りなし。明け暮れ観音《くわんおん》を信じ申されける程に、長谷《はせ》の観音に参りては、かの姫君の末繁昌《はんじやう》の果報あらせ給へとぞ祈り給ふ。

かくて年月《としつき》をふる程に、姫君十三と申せし年、母上例ならずかぜの心地《ここち》とのたまひて、一日二日と申せし程に、今を限りに見えければ、姫君を近づけて、緑のかんざしを撫《な》であげ、「あらむざんやな、十七八にもなし、いかなる縁にもつけおき、心やすく見おき、とにもかくにもならずして、いとけなき有様をすておかんことあさましさよ」と、涙を流し給ふ。姫君ももろともに涙を流し給ひける。母上は流るる涙をおしとどめ、側《そば》なる手箱を取りいだし、中には何をか入れられけん、世に重げなるを姫君の御ぐしにいただかせ、その上に肩の隠《かく》るる程の鉢《はち》をきせ参らせて、母上かくこそ詠《えい》じ給ひける。

さしも草《ぐさ》深くぞ頼む観世音誓《くわんぜおんちかひ》のままに
いただかせぬる

かやうにうちながめ給ひて、つひに空《むな》しくなり給ふ。父大きに驚き泣き給ひて「いとけなき姫をば何とてすておき、いづくとも知らずかくなり給ふ」と泣き給へどかひぞなき。此《かく》てさしてあるべきならねば、名残《なごり》つきせず思へども、空《むな》しき野辺に送りすて、華《はな》の姿も煙《けぶり》となる。月のかたちは風となり、散りはつるこそいたはしけれ。かくて父御前《ごぜん》姫君を近づけ参らせて、いただき給ひたる鉢取らんとしけれども、吸ひつきてさらに取られず。父大きに驚きて、「いかがはせん、母上にこそは離れ参らせめ、かかるかたはのつきぬることのあさましさよ」と、歎《なげ》き給ふこと限りなし。

かくて月日をたてければ、あとの孝養《けうやう》とり行ひ給ふ。思ひは姫君の御前《おんまへ》にこそとどまりける。春は軒端《のきば》の梅《むめ》が枝《え》の、桜は咲きてこずゑまばらの青葉とぞ、名残《なごり》惜しくは思へども、又来《こ》ん春を待ちて咲く。月は山の端《は》に入りぬれど、来《こ》ん夜《や》の闇《やみ》と隔つれど、又来《こ》ん夕《ゆふべ》に出で給ふ。別れし人のおもかげ、夢路にだにもさだかならず。いつの日のいつの暮《くれ》にか別《わか》れ路《ぢ》を、いかなる人の踏みそめて、現《うつつ》にもあふことなからん。思ひ廻せば小車《をぐるま》のやるかたもなき風情《ふぜい》かなと、よその見るめもあはれなり。

さるほどに父御前の一族、親しき人々寄りあひて、いつまで男《をのこ》のひとり住みがたしと、「この袖枕《そでまくら》、歎きくどき給ふとも、そのかひよもあらじ。いかなる人をも語らひて、憂きに別れし名残《なごり》をも、慰み給へ」とすすめられ、先立つ人はとにかくに、残る憂き身の悲しさよと、思ひごともよしなしとて、ともかくも御はからひとありければ、一門の人々喜びて、さるべき人をと尋ね、もとの如く迎ひ取り、移れば変る世の中の、心は花ぞかし。秋の紅葉の散り過ぎて、そのおもかげは姫君ばかりぞ歎《なげ》かるる。

かくてかの継母《ままはは》此姫君を見奉りて、かかる不思議のかたはもの、うき世には有りけることよとて、にくみ給ふこと限りなし。さて継母の御腹に、御子一人いでき給へば、いよ〳〵此鉢かづきを、見じ聞かじと、なみの立居の事までも、そらごとのみばかりのたまひて、常には父に讒訴《ざんそう》申す。鉢かづきはあまりやる方なきままに、母の御墓へ参りて、泣く〳〵申させ給ふやう、「さらでだに憂《う》きに数そふ世の中の別れを慕《した》ふ涙川、沈みもはてずながらへて、あるにかひなきわが身ぞと、思ふにいとど不思議なる、かたはのつきぬることの怨《うら》めしさよ。継母御前のにくみ給ふもことわりなり。親しき母上にすてられ参らせ、わが身何ともなりての後に、父御前いかが御歎きのあるべきと思ふばかりを心苦しく思ひしに、今の御母に姫君いでき給へば、はやおぼしめしおかんこともなし。継母御前のにくみ給ふ故、頼みし父おろかなり。今はかひなき憂き身の命、とくして迎ひ取り給へ。同じ蓮《はちす》の縁となり、心やすくあるべき」と、流涕《りうてい》こがれて悲しみ給へども、生《しやう》を隔つる悲しさは、さぞと答へる人もなし。継母此《ままははこの》よし聞き給ひて、鉢かづきが母の墓へ参りて、殿をも自ら親子をも呪《のろ》ふことこそ恐ろしけれと、まことをば一《ひと》つもいひ給はず、そらごとばかりを父に度々いひければ、男の心のはかなきは、まことと思ひ、鉢かづき呼びいだし「不当《ふたう》のものの心やな。あらぬかたはのつきぬるを、よにいまはしく思ひしに、とがもなき母御前、兄弟を、呪ふことこそ不思議なれ。かたはものをうちに置きては何かせん。いづかたへも追ひいだし給へ」とのたまへば、継母これを聞きて、側《そば》へうち向きて、さもうれしげなる風情《ふぜい》して笑ひける。

さていたはしや、鉢かづきを引き寄せて、めしたるものを剝《は》ぎ取りて、あさましげなる帷子一《かたびらひと》つ着せ参らせ、ある野の中《なか》の四辻《よつつじ》へ、捨てられけるこそあはれなれ。さてこはいかなるうき世ぞと、闇《やみ》に迷ふ心地して、いづくへ行くべきやうもなし、泣くよりほかのことはなし。ややしばしありてかくなん、

野の末の道踏み分けていづくともさして行きなん
身とは思はず

とうちながめ、足に任せて迷ひ歩き給ひけるに、大きなる川のはたへうち着き給ふ。ここにたちどまりて、いづくをさして行くともなく迷ひ歩《あり》かんより、此河《このかは》の水屑《みくづ》となり、母上のおはしますところへ参りなんとおぼしめして、河のはたへのぞき給へば、さすが幼き心のはかなさは、岸うつ波も恐ろしや、瀬々《せぜ》の白波《しらなみ》はげしくて、そこ

はかとなき水の面《おも》、すさまじければ、いかがあらんと思へども、これを心の種として、すでに思ひきり、河へ身をこそ投げんとし給ふとき、かくこそ一首つらねけり。

河岸《かはぎし》の柳の糸の一筋《ひとすぢ》に思ひきる身を神も助けよ

かやうにうちながめ、御身《おんみ》を投げ沈みけれども、鉢にひかれて御顔ばかりさし出でて流れける程に、漁《れふ》する舟の通りけるが、「ここに鉢の流れける、何ものぞ」といひてあげ見れば、頭《かしら》は鉢にて、下は人なり。舟人《ふなびと》是を見て、「あらおもしろや、いかなるものやらん」とて、河の岸へ投げ上ぐる。ややしばらくありて起き直り、つく〴〵と案じ、かくばかり、

河波《かはなみ》の底にこの身のとまれかしなどふたたびは浮き上《あが》りけん

などとうちながめ、あるにあられぬ風情して、たどりかねてぞ立ち給ふ。さて有るべきにあらざれば、足に任せて行く程に、ある人里に出で給ふ。里人《さとびと》これを見て、「これはいかなるものやらん。頭《かしら》は鉢、下は人なり。いかなる山の奥よりか、久しき鉢が変化《へんげ》して、鉢かづいて化けけるぞ。いかさま人間にてはなし」とて、指をさして恐ろしがりて笑ひける。ある人申しけるやうは、「たとへ化物にてもあれ、手足のはづれの美しさよ」と、とり〴〵にこそ申しける。

さる程にその所の国司にてましますの御名をば山蔭《やまかげ》の三位中将《さんみちゆうじやう》とこそ申しける。折ふし縁行道《えんぎやうだう》して四方《よも》の梢《こずゑ》をながめつつ、霞《かすみ》に遠里《とほざと》の、賤《しづ》が蚊遣火《かやりび》、さしもぐさ、そこひにくゆるうす煙《けぶり》、上《うは》の空にてたちなびき、おもしろかりける夕暮は、恋する人に見せばやと、ながめいだして立ち給ふところに、かの鉢かづき歩《あゆ》み寄《よ》る。中将殿は御覧じて、「あれ呼び寄せよ」とのたまへば、若侍《わかさぶらひ》ども二三人走り出で、かの鉢かづきをつれて参る。「いづくの浦、いかなる者ぞ」とのたまへば、鉢かづき申すやう、「われは交野《かたの》の辺《へん》の者にて候。母に程なく後《おく》れ、思ひのあまりにかかるかたはさへつきて候へば、あはれむ者もなきままに、なにはの浦によしなしと、足に任せて迷ひ歩《あり》き候」と申しければ、さて〳〵ふびんとおぼしめし、いただきたる鉢を取りのけてとらせよとて、みな〳〵寄りて取りけれども、しかと吸ひつきてなか〳〵取るべきやうもなし。これを人々御覧じて「いかなるくせものぞや」とて笑ひける。

中将殿は御覧じて、「鉢かづきはいづくへぞ」とのたまへば、「いづくともさして行くべき方《かた》もなし。母に離れ候うて、結句《けつく》かかるかたはさへつき候へば、見る人ごとにおぢ恐れ、にくがる人は候へども、あはれむ人はなし」と申しければ、中将殿きこしめして、「人のもとには不思議なる者のあるもよきものにて候」とのたまへば、仰せに従ひて置かれける。さて「身の能は何ぞ」とのたまひければ、「何と申すべきやうもなし。母にかしづかれし時は、琴、琵琶《びは》、和琴《わごん》、笙《しやう》、篳篥《ひちりき》、古今《こきん》、万《まん》葉《えふ》、伊勢物語《いせものがたり》、法華経《はけきやう》八巻、数《かず》の御経どもよみしよりほかの能もなし」。「さては能もなくは、湯殿に置け」とありければ、いまだならはぬことなれど、時にしたがふ世の中なれば、湯殿の火をこそたかれける。明けぬれば

見る人笑ひなぶり、にくがる人多けれども、情《なさけ》をかくる人はなし。明け暮れ「御行水《おぎやうずい》よ、鉢かづき」とて三更《さんかう》四更も過ぎざるに、五更の天も明けざるに、責め起されていたはしや、ふしなれぬ篠竹《しのだけ》の、おのれと雪に埋《うづ》もれて、ふし倒れたる風情《ふぜい》して、ものはかなげに起き直る。思ひを柴の夕煙《ゆふけぶり》、立つ名をも苦しと打ちながめ、「御行水はわきまゐらせ候。はやとり給へ」と、催促《さいそく》する。暮るれば「御足の湯わかせや、鉢かづき」と下知《げち》をする。憂き身ながらも起き上《あが》り、乱れた柴を引き寄せながら、かくこそつらね給ひける。

苦しきは折りたく柴の夕煙《ゆふけぶり》憂き身とともに
立ちや消えまし

とかやうにうちながめ、いかなる因果の報《むくひ》にや、かかるうき世に住みそめて、いつまで命ながらへ、かほどにものを思ひねの、昔を思ひいでの里、胸は駿河《するが》の富士《ふじ》の岳《だけ》、袖は清見《きよみ》が関《せき》なれや、いつまで命ながらへて、憂きにはたえぬ涙河、流れて末も頼まれず、菊のうら葉《ば》に置く露の、何となりゆく此身ぞと、ひとりくどきてかくばかり、

松風の空吹き払ふ世に出でてさやけき月を
いつかながめん

かやうに詠じ、足の湯をぞわかしける。

さる程に此中将殿は、御子《おんこ》四人《よにん》持ち給ふ。三人はみな〳〵有りつき給ふ。四番めの御子、宰相殿《さいしやうどの》御曹子《おんざうし》と申すは、みめかたちよにすぐれ、優にやさしき御姿、昔を申さば源氏《げんじ》の大将《だいしやう》、在原業平《ありはらのなりひら》かとぞ申すばかりなり。春は花のもとに日をくらし、散りなんことを悲しみ、夏は涼しき泉の底、玉藻《たまも》に心をいれ、秋は紅葉《こうえふ》、落葉《おちば》の散りしく庭の紅葉《もみぢ》をながめ、月の前にて夜《よ》をあかし、冬は蘆間《あしま》の薄氷、池のはたに羽《は》をとぢて鴛鴦《をし》の浮寝《うきね》もものさびし。かさぬるつまもあらばこそ、ひとりすさみて立ち給ふ。御兄《おんあに》たちも殿上《とのうへ》も、御湯殿《おゆどの》へ入らせ給へども、かの御曹子《おんざうし》ばかり残らせ給ひ、さよ更《ふ》けてはるかになりて、ひとり湯殿へ入らせ給ふ。かの鉢かづき「御湯、うつしさぶらふ」と申す声、やさしく聞《きこ》えける。「御行水」とてさしいだす手足の美しさ、尋常げに見えければ、世に不思議におぼしめし、「やあ鉢かづき、人もなきに、何かは苦しかるべき、御湯殿して参らせよ」とのたまへば、今さら昔を思ひいだして、人にこそ湯殿させつれ、人の湯殿をばいかがするやらんと思へども、主《しゆう》命《めい》なれば力なし、御湯殿へこそ参りける。御曹子は御覧じて、河内国《かはちのくに》は狭《せば》しといへども、いかほどの人をも見てあれども、かほどにもの弱く、愛敬《あいぎやう》世にすぐれ、美しき人はいまだ見ず、一年《ひととせ》花の都へ上りし時、御室《おむろ》の院《ゐん》の花見のありし時、貴賤群集《きせんくんじゆ》して門前に市をなしつれども、その時にもこの鉢かづきほどの人はなし。いかに思ふとも此人《このひと》を見捨てがたくや思はれける。「いかに鉢かづき、思ひそめにし紅《くれなゐ》の、色はうつろふことなりと、君とわが中《なか》かはらじ」と、千秋《せんしう》の松に契《ちぎり》をはるかにかけ、松の浦の亀《かめ》に久しく結ばれける。今より後《のち》はかの鉢かづきは、軒端《のきば》の梅《むめ》に鶯《うぐひす》の、まだはなれぬ風情《ふぜい》して、かく返事《かへりこと》をものたまはず。重ねて御曹子は「これやこ

の竜田《たつた》にはあらねども、くちなし色にたとへつつ、ものをいはねの松やらん。ひきすてられし琴のねの、よそにひく手もあるやらん。もしふみ重《かさ》なる方《かた》もあらば、逢《あ》はで空《むな》しく消ゆるとも、君故ならばなか〳〵に、怨《うら》みとさらに思ふまじ。いかに〳〵」とのたまへば、野飼《のがひ》の駒《こま》の人なれて、心はたけく思へども、妹背《いもせ》の川の中だちに、よしやあしやを知らざれば、何《なに》と申さんこともなし。よそにひく手も有るやらんと、のたまふことのはづかしさに、「調べの糸みなきれて、よそにひく手もさぶらはず。なみの立居《たちゐ》に悲しきは、空《むな》しく別れし母のこと、さては此身《このみ》の消えやらで、いつまで命ながらへて、あらぬうき世にすみぞめの、色にもならぬうらめしさを、歎《なげ》きはんべりける」と申しければ、宰相《さいしやう》の君はきこしめし、げにもことわりなりとおぼしめして、重ねて仰せあるやうは、「さればとよ、有為転変《うゐてんぺん》の世の中に、生れあひぬるはかなさよ。憂《う》きは報ひと知らずして、神や仏を怨《うら》みつつ、明《あか》し暮《くら》して過《す》ごすなり。御身もさきの世に野辺の若《わか》木《き》の枝を折り、思ひし中をおし隔《へだ》て、人に歎きをせさせつる、報ひのほどの事ありて、親にもはやく後《おく》れつつ、いまだいとけなき心に、物を思ひねの涙床《とこ》せく風情《ふぜい》なり。自ら二十《はたち》のきやうがいまで、定むる妻はいまだなし。ひとり片敷くうたたねの、枕《まくら》さびしく住むことも、さきの世に御身と契《ちぎり》深くして、その業因《ごふいん》の尽きねばこそ、めぐり〳〵てとにかくに、今ここにおはすらん。世にいつくしき人なれど、縁なき方《かた》へは、目もゆかず、御身に縁があればこそ、かくまで深く思はるれ。思ひそめにし昔より、今あふまでの言の葉こそ、末頼もしく思はるれ。鯨《くじら》のよる島、虎《とら》ふす野辺、千尋《ちひろ》の底、五道輪廻《ごだうりんゑ》のあなたなる、六道《ろくだう》四生《ししやう》のこなたなる、妹背《いもせ》の川の水《みな》上《かみ》の、涅槃《ねはん》の岸はかはるとも、君とわが中かはらじ」と、深く契《ちぎり》をこめ給ふ。さて鉢かづきは漕《こ》ぐ舟のゐる風情《ふぜい》して、君の仰せの強きまま、思はぬながらなびきそめ、その夜《よ》はここにふし竹の、世々の契もあらかねの、末いかならんわが思ひ、知られぬそのさきに、いづくへも足に任せて出でばやと、かきくらし思はれける。あはれなれば宰相殿は、「いかに鉢かづき、さほど何を歎《なげ》かせ給ふぞよ。見そめなれにしよりも、露塵《つゆちり》ほどもおろかに思ふまじ。暮れなばやがて参りなん」と、昼も折々通ひ、「これを見て慰み給へ」とて、黄楊《つげ》の枕《まくら》と横笛《やうぢやう》をとり添へてぞ置かれける。

その時いとどはづかしさは、やるかたもなし。わが人のやうにもあらばこそ、人の心は飛鳥河《あすかがは》、夜《よ》の間《ま》に変る習ひの有るまでも、頼まんとも思ひなん、あるにかひなき有様にて、見えぬることのはづかしさよと、かきくらし泣き給ふ。御曹子《おんざうし》は御覧じて、この鉢かづきの風情を、ものによく〳〵譬《たと》ふれば、楊梅桃李《やうばいたうり》の花の香《か》に、雲間の月のさし出でて、二月《きさらぎ》なかばの糸柳《いとやなぎ》の、風に乱るるよそほひも、籬《まがき》の内の撫子《なでしこ》の、露重げに物弱く、はづかしげにてそばみたる、顔の愛敬《あいぎやう》のいつくしく、楊《やう》貴妃《きひ》、李夫人《りふじん》も、いかでかこれにまさるべきと、不思議におぼしめしける。同じくは此鉢《このはち》を取りのけて、十五夜の月の如くに見るよしもがなとぞ思はれける。さて若君は、湯殿の傍《かたはら》の柴《しば》積む臥戸《ふしど》を立ち出でて、わが御方《おんかた》へ帰りつつ、軒端《のきば》の梅《むめ》を御覧じても、いつしか鉢かづき、いかにさびしく思ふらん、今日の暮るるを待つ程は、住《すみ》吉《よし》の根ざしそめにし姫小松《ひめごまつ》、千代《ちよ》待つよりもなほ久しくぞ思はれける。鉢かづきは黄楊《つげ》の枕と御笛《おんふえ》を、置くべき所のあらざれば、持ちわづらひてゐたりける。かくてやう〳〵、しののめも明くると、告ぐる関路《せきぢ》の鳥、まだ横《よこ》雲《ぐも》も引かざるに、「御行水よ、鉢かづき」と責められて、「御湯はわきさぶらふ。取らせ給へ」と答へつつ、いぶせき柴を折りくべてかくこそ詠じけれ。

　苦しきは折りたく柴の夕煙《ゆふけぶり》恋しき方《かた》へ
　　などなびくらん

とうちながめければ、湯殿の奉《ぶ》行《ぎやう》聞きつけて、かの鉢かづきは、頭《つぶり》こそ人には似ず、もの言ふ声色《こわいろ》、笑ひ口《ぐち》、手足のはづれの美しさは、これに疾《と》くから住ませ給ふ御《おん》女房衆《にようばうしゆう》も究《きは》めてこれには劣りなり、近づきてかの人と契らばやとは思へども、頭《あたま》を見れば朦々《もうもう》として、口より下は見ゆれども、鼻より上は見えもせず、傍輩衆《はうばいしゆう》にも笑はれ、なか〳〵はづかしやと思ひも寄らぬぞことわりなり。

　さるほどに春の日長しと思へども、其日《そのひ》もやう〳〵くれなゐの、たそかれ時や、夕顔の人の心は花ぞかし。彼《かの》宰相《さいしやう》の君、いつよりもはなやかに装束して、湯殿の傍《かたはら》の柴の臥戸《ふしど》にたたずみ給ふ。鉢かづきこれを知らずして、暮ればと契りしかねごとの、はや宵《よひ》の間《ま》もうち過ぎぬ。人をとがむる里の犬、声する程になりにけり。来《こ》んまでとのかたみの枕《まくら》と笛竹を取り添へ持ちてかくなん、

　君来んとつげの枕や笛竹のなどふし多き
　　契《ちぎり》なるらん

とうちながめければ、御曹子《おんざうし》とりあへず、

　いく千代とふしそひて見ん呉竹《くれたけ》の契は絶えじ
　　黄楊《つげ》の枕に

さて宰相殿は、比翼連理《ひよくれんり》と浅からず契らせ給ふ。

　包むとすれど紅《くれなゐ》の、洩《も》れてや人の知りぬらん、「宰相殿こそ鉢かづきがもとへ通はせ給ふ。あさましさよ。もとより高きも賤《いや》しきも、男は有るならひ、立ち寄り給ふとも、あの鉢かづきめが近づき参らせんと、思ふ心の不得心《ふとくじん》さよ」と、にくまぬ人はなかりけり。ある時よそより客人《きやくじん》きたり、夜《よ》ふけ方《がた》までひま入《い》り、遅く入《い》らせ給ひければ、鉢かづきおぼつかなく思ひてかくばかり、

　人待ちて上《うは》の空のみながむれば露けき袖に
　　月ぞ宿れる

とかやうにうちながめければ、いよ〳〵やさしくおぼしめし、契《ちぎり》深くはなりけれども、捨つべきやうはましまさず。昔が今にいたるまでわが身にかからぬことまでも、人のいふならひにて「宰相殿は世にも人なきやうに、かかる御ふるまひかな。をかしき御心かな」と笑ひける程に、母上きこしめし「みな〳〵僻事《ひがこと》をや申すらんに、乳母《めのと》に見せよ」とのたまへば、乳母《めのと》見て「まことにて候」と申しける。父母《ちちはは》あきれ、しばしものをものたまはず。ややあつて「いかに乳母《めのと》聞け。とかく宰相の君を

諫《いさ》め、鉢かづきに近づかぬやうに計らへ」とのたまへば、乳母《めのと》若君の御前《おまへ》に参り、何となく御物語申し慰めて、「いかに若君さま、まことしくは候はねども、湯殿の湯わかし鉢かづきがもとへ通はせ給ふよし、母上きこしめして、よもさやうにはあるまじけれども、もしまことならば、父の耳に入《い》らぬさきに鉢かづきをいだすべしとの仰せにて候」と申しければ、若君のたまふやうは、「思ひまうけたる仰せかな。一樹《いつじゆ》の蔭《かげ》一河《いちが》の流れを汲むことも、他生の縁とこそ聞け。いにしへもさることあればこそ、主《しゆう》の勘当《かんだう》かうぶり、千尋《ちひろ》の底に沈むとも、妹《いも》背《せ》の中《なか》はさもあらず。親の御不審かうぶりて、たちまち無間《むけん》に沈むとも、思ふ夫婦の中ならば、何か苦しかるべきぞ。殿《との》・上《うへ》の御耳に入《い》り、たちまち御手にかかるとも、かの鉢かづき故ならば、捨つる命は露塵《つゆちり》程も惜しからず。かの人を捨てんこと思ひもよらず。このこと用ひ申さぬとて、鉢かづきもろともに、追ひいだし給ひなば、いかなる野の末、山の奥に住むとても、思ふ人に添《そ》ふならば、ゆめ〳〵悲しかるまじ」とて、わが御方《おんかた》を御《お》出《い》でありて、柴積むとぼそに入《い》り給ふ。日頃は人目をつつませ給ひしが、乳母《めのと》参りて申してより後《のち》は、ひめもす鉢かづきがもとにこそ居《ゐ》給ひける。さるほどに御兄《おんあに》たちも、一門座敷にかなふまじとありけれども、厭《いと》ふけしきもましまさず。いよ〳〵人目をも憚《はばか》らず、朝夕通はせ給ひける。

　母上仰せけるやうは、「さもあれ鉢かづきは、いか様《さま》変化《へんげ》の者にて、若君を失はんと思ふやらん、いかがせん、冷泉《れんぜい》」と仰せける。冷泉《れんぜい》申されけるは、「かの君はさならぬことさへ色深く物はぢをし給ひて、おぼろげごと迄《まで》もつつましげなるみたちにてわたらせ候へども、此《この》事《こと》においては恥ぢ給ふけしきも候はず。さあらば公達《きんだち》の嫁くらべをし給ひて御覧候へ。さやうに候はば、かの鉢かづきはづかしく思ひて、いづくへも出で行くこと候はん」と申されければ、げにもとおぼしめし「いつ〳〵、公達の嫁くらべあるべし」と口々に触《ふ》れさせける。さるほどに宰相殿、鉢かづきがもとへ御《お》入《い》りありて、「あれ聞き給へ、われ〳〵を追ひ失はんために、嫁くらべといふこと申しいだして触《ふ》れ候へば、いかがせん」と涙を流し給ひければ、鉢かづきも共に涙を流し申すやう、「われ故に君をいたづらになし申すべきか、われ〳〵いづくへも行かん」と申しければ、宰相殿仰せけるは、「御身《おんみ》に離れては片時《かたとき》も居《ゐ》られ候まじ。いづかたへなりとも共に出でん」とのたまへば、鉢かづき何と思ひ分けたる方《かた》もなく、涙を流し居《ゐ》たりけり。さてとかく過ぎゆく程に、嫁合《よめあはせ》の日にもなりぬれば、宰相殿鉢かづきと二人《ふたり》、いづくへも立ち出でんとおぼしめしけるこそあはれなり。さるほどに夜《よ》も明け方になりぬれば、召しもならはぬ草鞋《わらうづ》しめはき給ひて、さすが父母《ちちはは》住みなれ給ふことなれば、御《お》名残《なごり》惜しくおぼしめし、落つる涙にかきくもり、今一度《ひとたび》父母を見奉りて、いづくとも知らず出でむことこそ悲しけれと、おぼしめせども、つひに一度《いちど》は離れ参らせんものをと思ひ切り給ふ。鉢かづき、このよし見奉り、「われひとりいづかたへも出で参らせん。契《ちぎり》深く候はば、またぐりあひ候はん」とのたまへば、「うらめしきことを仰せられ候ものかな。いづく迄も御供申し候はん」とてかくなん、

君思ふ心のうちはわきかへる岩間の水に
たぐへてもみよ

とかやうにあそばし、立ち出でんとし給ふ時、鉢かづきかくばかり、

わが思ふ心のうちもわきかへる岩間の水を
見るにつけても

などとうちながめ、また鉢かづきかくなん、

よしさらば野辺の草ともなりもせで君を露とも
共に消えなん

とあそばしければ、また宰相殿かくばかり、

道のべの萩《はぎ》の末葉の露ほども契りて知るぞ
われもたまらん

とあそばして、すでに出でんとし給ふが、さすが御名残惜しく、悲しく思ひ給ひて、左右《さう》なく出でやらず、ただ御涙せきあへず。かくてとどまるべきにもあらざれば、夜《よ》もやう〳〵明け方になりぬれば、急ぎ出でんとて、涙と共に二人ながら出でんとし給ふ時に、いただき給ふ鉢かつぱと前に落ちにけり。

宰相殿《さいしやうどの》驚き給ひて、姫君の御顔をつく〴〵と見給へば、十五夜の月の雲間を出づるにことならず。髪のかかり、姿かたち、何にたとへん方《かた》もなし。若君うれしく思《おぼし》召《め》し、落ちたる鉢をあげて見給へば、二つ懸子《かけご》の其《その》下《した》に、金《こがね》の丸《まる》かせ、金の盃《さかづき》、銀《しろかね》の小提子《こひさげ》、砂金《しやきん》にて作りたる三《み》つなりの橘《たちばな》、銀にて作りたるけんぽの梨《なし》、十二ひとへの御小袖《おんこそで》、紅《くれなゐ》の千入《ちしほ》の袴《はかま》、数《かず》の宝物《たからもの》を入れられたり。姫君これを見給ひて、わが母長谷《はせ》の観音《くわんおん》を信じ給ひし、御利生《ごりしやう》とおぼしめして、うれしきにも悲しきにも、先立つものは涙なり。さて宰相殿これを見給ひて、「これほどいみじき果報にてましますことのうれしさよ。今はいづくへも行くべきにあらず」とて、嫁《よめ》合《あはせ》の座敷へ出でんとこしらへ給ふ。すでにはや夜《よ》も明けければ、世間ざざめきける。人々いひけるは、「これほどの御座敷へ、あの鉢かづきが、出でんと思ひ、いづくへも行かぬことの、不得心《ふとくじん》さよ」と笑ひける。

さるほどに疾《と》く〳〵と触《ふ》れければ、嫡子《ちやくし》の御嫁御前《よめごぜん》は尋常なる御装束《おんしやうぞく》にて、御年の程二十二三ばかりとうち見えて、ころは九月なかばのことなれば、肌《はだ》には白き御小袖、上にはいろ〳〵の御小袖召し、紅《くれなゐ》の袴《はかま》ふみくくみ、御髪《おぐし》はたけに余り、辺《あたり》もかかやく計《ばかり》なり。御引《おんひき》出物《でもの》には唐綾《からあや》十疋、小袖十かさね、広蓋《ひろぶた》に入れ参らせ給ふ。次男の嫁御《よめご》は、御年二十《はたち》ばかりにて、尋常にして気《け》高《たか》く、人にすぐれて見え給ふ。御髪《おぐし》はたけと等しく、御装束は肌には生絹《すずし》の御袷《おんあはせ》、上には摺箔《すりはく》の御小袖、紅梅の縫物《ぬひもの》の御袴、ふみくくみ、さて引出物には、小袖三十かさね、参らせ給ふ。三男の嫁御前、もつとも御年十八ばかりとうち見え、御髪たけには足らねども、月にねたまれ、花にそねまれさせ給ふ程の御風情《ふぜい》なり。御装束は肌には紅梅の御小袖、上には唐綾《からあや》着給へり。御引出物には染物三十反《たん》参らせ給ふ。三人の嫁御前、いづれも劣ら

ぬ御姿なり。さて遥《はる》かに下《さが》りたる所に、破れたる畳を敷かせ、鉢かづき、置かんとこしらへける。人々申しあひけるは、「三人の嫁御前は見奉りぬ、鉢かづきがあさましき体《てい》にて、出でんを見て笑はん」とて、軒端《のきば》の鳥にはあらねども、羽《はね》づくろひして待ちゐたり。さて三人の嫁御前たちも、今や〳〵と待ち給ふ。又舅《しうと》御前仰せけるは、「いづくへも行かずして、ただ今、恥をかくべきことの悲しさよ。何しに嫁合《よめあはせ》などといはずとも、よきもあしきも知らぬ体《てい》にて、置くべきものを」と仰せける。

さるほどに鉢かづき遅しと度々使《つかひ》たちければ、宰相殿きこしめし「ただ今それへ参る」と仰せければ、人々見て笑はんとぞじじめきける。出でさせ給ふ有様、ものによく〳〵譬《たと》ふれば、ほのかに出でんとする月に、雲のかかる風情《ふぜい》にて、御かほばせ気高《けたか》くいつくしく、御姿は春のはじめの糸桜《いとざくら》の、露のひまよりもほの見えて、朝日のうつろふ風情にことならず。霞《かすみ》の眉墨《まゆずみ》ほの〴〵と、嬋娟《せんげん》たる両鬢《りやうびん》は、秋の蟬《せみ》の羽《は》にたぐへ、宛転《ゑんでん》たる御かほばせは、春は花にねたまれ、秋は月にぞねたまれ給ふ御風情なり。御年の齢《よはひ》十五六ほどに見えさせ給ふ。御装束には、肌《はだ》には白き練《ねり》の絹、上には唐綾《からあや》、紅梅《こうばい》紫《むらさき》、いろ〳〵の御小袖、紅《くれなゐ》の千入《ちしほ》の御袴ふみくくみ、翡翠《ひすい》のかんざしゆりかけて、歩《あゆ》ませ給ふ御姿、ひとへに天人の影向《やうがう》もかくやと思ひ知られけり。待ち受けて見給ふ人々、みな〳〵目を驚かし、興さめてぞおはしける。さるほどに、宰相殿の御心の中《うち》のうれしさ限りなし。御座敷一段下《さが》りてこしらへたる所に、直らんとし給ふ時に、舅《しうと》三位《さんみ》の中将殿、「いかで天人の影向《やうがう》を下座《しもざ》に置くべき」とて請《しやう》じさせ給ふ。あまりのいとほしきに、母御《おん》前の左の膝本《ひざもと》へ、呼び参らせ給ひける。さて舅殿への御引出物《ひきでもの》には、銀《しろかね》の台《だい》に、金《こがね》の盃《さかづき》据《す》ゑ、金《こがね》にて作りたる三つなりのたち花、金《こがね》十両、唐綾《からあや》、織物の御小袖三十かさね、唐錦《からにしき》十反、巻絹《まきぎぬ》五十疋《ひき》、広蓋《ひろぶた》に積ませ参らせらる。姑《しうとめ》御前への御引出物には、染物百端《たん》、金《こがね》のまるかせ、銀《しろかね》にて作りたるけんぽの梨《なし》の枝折り、金《こがね》の台《だい》に据ゑて参らせらるる。人々見て、みめかたち、衣裳《いしやう》、御引出物に至るまで、まさりはすれども人に劣らずと、驚かすばかりなり。三人の兄嫁御前たちをも、はじめは美しくおぼしめしけれども、此姫君にあはすれば、仏の御前《おんまへ》に悪魔外道《あくまげだう》が居たるに、ことならず。兄御たち仰せけるは、「いざやのぞきて見ん」とてのぞき見給へば、辺《あたり》もかかやく程の美人なり。みな〳〵不思議におぼしめして何と申すべき言《こと》の葉《は》なし。楊貴妃《やうきひ》、李夫人《りふじん》も、これにはいかがまさるべき、とても人間に生れなば、かやうの人とこそ一夜《いちや》なりとも契り、思出《おもひで》にせんと、人々うらやみ給ひけり。三位《さんみ》の中将殿《ちゆうじやうどの》おぼしめしけるは、此程《このほど》宰相の君、絶え入り思ひつることこそことわりなれとおぼしめしける。

さて御盃《さかづき》参りければ、姑《しうとめ》御前きこしめし、やがて姫君にさし給ふ。その後《のち》献々《こんこん》廻りければ、三人の兄嫁御前たち、談合《だんかふ》有るやうは、「みめは下臈《げらふ》によらぬなり。管絃《くわげん》をはじめ、和琴《わごん》をしらべさすべし。和琴はことにこその源《みなもと》を知らせざれば、左右《さう》なくひかれぬものなり。宰相殿はその源をも明《あき》らめ給へば、後《のち》には教へ給ふとも、今夜のうちには教へ給ふことなるまじき。いざや始めん」とて、兄嫁御前は琵琶《びは》の役、次郎嫁御《じらうよめご》は笙《しやう》を吹き給ふ。殿上《とのうへ》は鼓《つづみ》打ち、姫君は「和琴御しらべ候へ」と責められける。その時姫君仰せけるやうは、「かやうの事はいまだ聞きはじめにて候へば、すこしも存ぜず候」と御辞退《ごじたい》有る。宰相殿御覧じて、わが身を姫君と見よかし、行きてひかんものをとおぼしめしける。その時姫君御心のうちにおぼすやうは、われを賤《いや》しきものと思ひ、かやうにして笑はんためとおぼしめし、われも昔母にかしづかれし時には、朝夕手なれし楽《がく》の道なれば、ひかうずものとおぼしめし、「さらば引きてみ申し候はん」とて、側《そば》なる和琴《わごん》引き寄せ、三べんしらべ給ひける。宰相殿御覧じてうれしきこと限りなし。御前たち御覧じて、歌をよみ手書くことも、後《のち》には宰相殿御教へあるべし、ただ今のうちには教ゆることもなるまじ、さらば歌をよませ笑はむと談合《だんかふ》なされ、「これ御覧ぜよ姫君、桜《さくら》が枝に藤《ふぢ》の花、春と夏とは隣《となり》也。秋はことさら菊の花、これにつき姫君一首あそばし候へ」と仰せければ、姫君きこしめし、「あらむつかしのことを仰せ候ものかな。われ〳〵が能には、此程湯殿にさぶらひて、朝夕《あさゆふ》手なれし水車《みづぐるま》、汲み上げしよりほかのことはなし。歌といふことはいかやうなるものやらん、少しも存ぜず候。まづ〳〵御前《ごぜん》たちあそばされ候へ。その後《のち》はともかくも申してみん」とありければ、御前たち仰せけるは、「姫君は、今日《けふ》の御客《おきやく》もじにてましませば、まづ〳〵一首あそばし候へ」と責められける。その時姫君一首とりあへず、

　春は花夏はたちばな秋は菊いづれの露に
　　置くものぞ憂き

とかやうにあそばしける。御筆《おんふで》のすさび、道風《たうふう》がふるひ筆もかくやらんと、目を驚かすばかりなり。人々これを見て、「いかさま此人《このひと》は、いにしへの玉藻《たまも》の前《まへ》か、恐ろしや」などと申す。さるほどにまた御盃出でければ、舅《しうと》御前きこしめし、姫君に御さしありて、「御さかな申さん」とて、「我所領七百町《わがしよりやうしちひやくちやう》とは申せども、二千三百町《ちやう》の所なり。一千町《ちやう》をば姫君に参らする。また一千町をば宰相の君に取らすべし。残る三百町《ちやう》をば三人の子どもに取らするなり。百町づつ分けて取れ。これを不足に思ふ者あらば、親とも子とも思ふべからず」と仰せければ、兄御《あにご》たちきこしめし、あはぬ事とは思へども、貴《き》命《めい》なれば力なし、今よりしては、宰相の君を総領《そうりやう》と思ふべしと、三人同心し給ひけり。

　さるほどに姫君には冷泉《れんぜい》をはじめとして女房たち二十四人つけ奉り、宰相殿の住ませ給ふ、竹《たけ》の御所《ごしよ》へ移らせ給ふ。かくて過ぎゆきける程に、ある時宰相殿仰せけるやうは、「いかさま御身《おんみ》はただ人《びと》とは思はぬ也《なり》。御名のり候へ」とありければ、ありのままに語らんとはおぼしめしけれども、継母《ままはは》の名を立つるにやあたらんと思ひ、かれこれとりまぎらかし名のり給はず。その後《のち》姫君は母上の御菩《ぼ》提念《だいねん》ごろにとぶらひ給ふ。かくて過ぎゆく程に、公達《きんだち》あまたまうけ給ひて、御よろこび限りなし。これにつけても捨てられし故郷《ふるさと》の父御前を恋しく、御公達《ごきんだち》

をも見せ参らせたくおぼしめしける。

　さるほどに故郷《ふるさと》の継母《ままはは》御前は、慳貪者《けんどんしや》なる故に召し使はるる者も、かなたこなたへ逃げ走り、後《のち》には貧しくなり、ひとり持ちたる姫をもとふ人もなし。御《お》ふたりの中《なか》も悪《あ》しくなりければ、貧しき住居《すまゐ》何かせん、心に残る事もなしとて、父御前はいづくとも知らず、修行《しゆぎやう》に立ち出で給ふ。つく〴〵物を案ずるに、「去りにし北《きた》の方《かた》、子なきことを悲しみて長谷《はせ》に詣《まう》で、さま〴〵祈り、観音の御利生《ごりしやう》により、姫を一人まうけしに、母空《むな》しくなり給ひて後《のち》、あらぬかたはつきけるを不思議に思ひしに、親ならぬ親とて恐ろしや、いろ〳〵に讒訴《ざんそう》をいひけるを、まことと思ひ追ひいだしつることのふびんさよ。其《その》身《み》が人のやうにもあらばこそ、いづくの浦に住みいかなる憂《う》き目《め》をも見るらん、ふびんのものかな」とおぼしめし給ふ。さるほどに父御前長谷《はせ》の観音へ御参り有りて、「鉢《はち》かづきの姫、いまだうき世にあるならば、いま一度《ひとたび》めぐりあはせてたび給へ」と、肝胆《かんたん》をくだき祈り給ひける。

　その後《のち》宰相殿、御門《みかど》の御意《ぎよい》に入らせ給ひ、みかどより大和《やまと》、河内《かはち》、伊賀《いが》、三ケ国《さんがこく》を下されければ、御《おん》よろこびのために、長谷の観音へ御参りある。御一門御公達《ごきんだち》、花を飾り金銀《きんぎん》をちりばめ、ざざめき給ふ。さるほどに姫君の父御前は、観音の御前《おんまへ》に念誦《ねんじゆ》して居《ゐ》給ひけるを、殿ばらどもがこれを見て、御堂《みだう》のうちが狭《せば》きとて、「そこなる修行者《しゆぎやうじや》、あなたへしされ」とて、縁より外へ追ひいだす。傍《かたはら》に立ち寄り給ひ、公達《きんだち》を見奉り、さめ〴〵と泣き給ふ。人々これを見て、「ここなる修行者は、いかなることを思ひ泣くぞ」と問ひければ、わが先祖ありのままに語り、「恐れながらこの御公達《ごきんだち》、わが尋ぬる姫に、似させ給ふ」とのたまへば、姫君きこしめして「その修行者爰《ここ》へ呼べ」とありければ、縁の上まで呼び上げける。姫君御覧じて、御年より面《おも》やせ給へども、さすが親子の御事《おんこと》なれば、人目も憚《はばか》らず、「これこそいにしへの鉢《はち》かづきの姫にて候へ」とて御出でありければ、父御前きこしめし、「これは夢か現《うつつ》か、ひとへに観音《くわんおん》の御利《ご》生《しやう》なり」とのたまひければ、宰相殿きこしめし、「さては姫君は河内《かはち》の交野《かたの》の人にてましますか。さればこそただ人とは思はぬものを」とのたまひて、御公達《ごきんだち》一人と、姫君の父御前とをば、河内国《かはちのくに》の主《ぬし》になし参らせ、末繁《はん》昌《じやう》に住ませ給ふ。さてまた宰相殿は、伊賀国《いがのくに》に御所をつくらせ、子孫繁昌《はんじやう》に住ませ給ひける。これただ長谷《はせ》の観音《くわんおん》の御利生《ごりしやう》とぞ聞《きこ》えける。今に至るまで観音を信じ申せば、あらたに御利生ありと申し伝へはんべりける。この物語を聞く人は、つねに観音の名号《みやうがう》を十返《ぺん》づつ御となへあるべきものなり。

　南無大慈大悲観世音菩薩《なむだいじだいひくわんぜおんぼさつ》
　頼みてもなほかひありや観世音二世安楽《くわんぜおんにせあんらく》の
　誓ひ聞くにも

『御伽草子（上）』　市古貞次校注　岩波書店

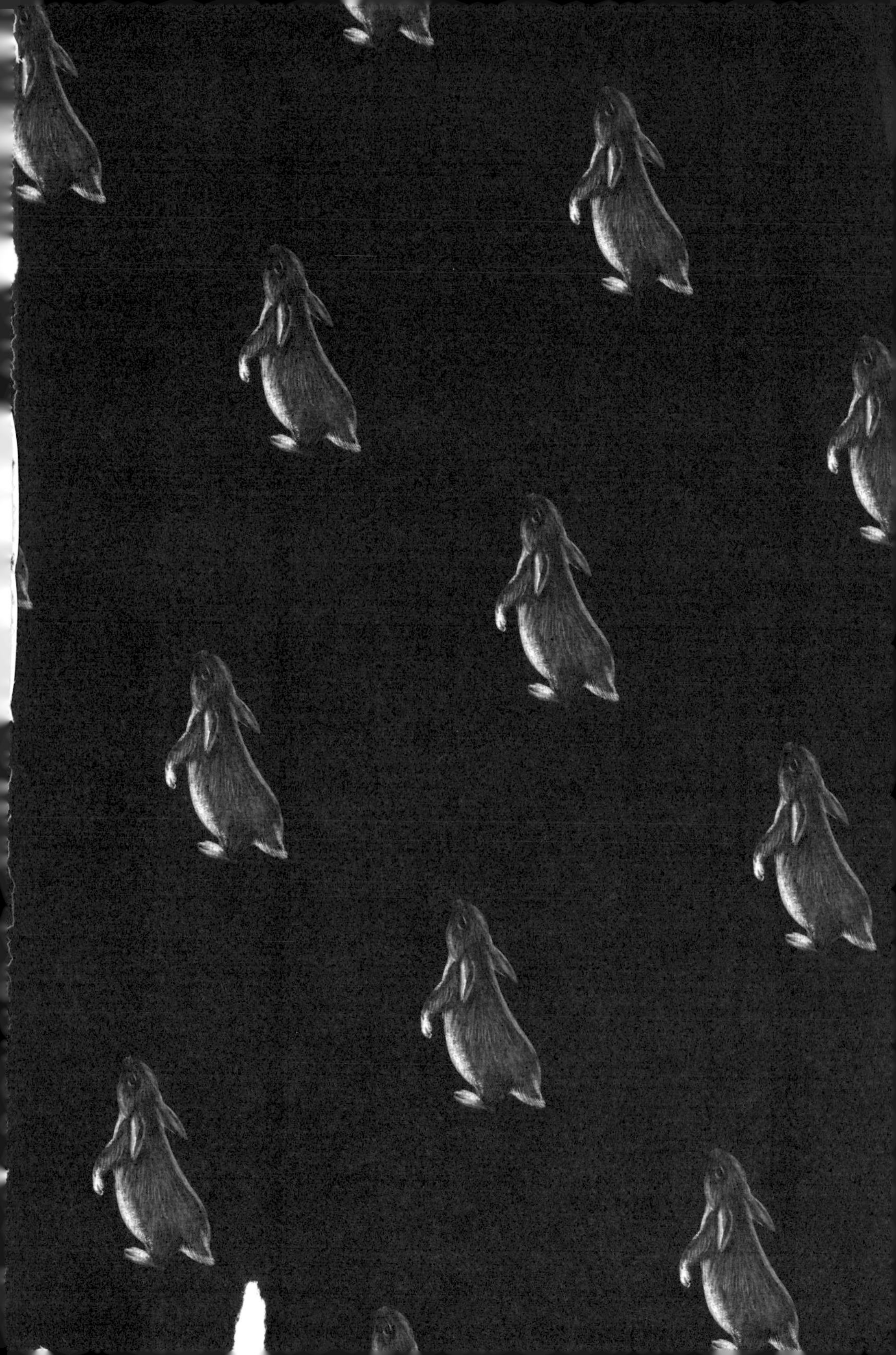